使い

倉石信乃

思潮社

使い

倉石信乃

思潮社

目次

装幀　須山悠里

使い

倉石信乃

ホームシックネス

1

祝福された　一度は
命名された
ふさわしい名前だった
みんなと同じように
生まれた
暗渠を泳ぎ　もがいた
泳ぎにしくじった　嵌まった
冷えて固まり　投げ出された

岸辺に打ち上げられた
この世に追放されて生まれたと言われている
暗い水を泳いで泳げず　固まった
わたしのからだは土でできている
みんなと同じように粘土で
湿った塩からい土で
誰が土をこねたのか
泳いで整った
泳げなかった　死にかけた　ゆがんだ
固まり　震え　こごえた
空気を吹き込まれた
わたしのからだは空気でできている
何も入っていない
空気を吸うことを覚えた

十分に吐いた
吸う苦しみと吐く苦しみを覚えた
吸って　吐いて
飲んで　吐いて
育てられた
真綿にくるまれて育ち
真綿で首をしめられた
しめられている

あなたが苦しめている　わたしは
すべての穴をふさがされた
穴はふさがれる
わたしという穴
施錠された

出口はない
あなたは偽の矢印　偽の目当て
←
方向はない　矢印の矢は消えた
行き場なく　立場なく
あなたが苦しめている　わたしは
いつも追いかけていた
あなたは逃げおおせた　遠く
あなたは安心
安心なあなた
わたしは望んでも得られない　遠くと安心
わたしはもうすることがなくなった
助けがなかった
誰もいない　みんながそこにいて

誰も証人にならなかった
誰も証人になる人はいない
みんながはじめから隠した
探しても　助けを呼んでも　人を訪ね歩いても
けっして見つからない
いなかった誰も
どこにいった
なくなった
ない
はじめからなかった
思い出せない　あの時とか記憶とか
それはない　何も
だからきっと　いまと同じ
相変わらず　いまと同じ

同じだということだけが知られている
矢印はみな隠されている
わたしの穴はことごとくふさがれている

2

出かけない　今日は
疲れたから　もう疲れた
少なくとも今日は
行き止まりだった　途切れる
それで全部　そこで終わった
今日は終わり
1、2、3、4、5、歩幅62センチメートル、62×5＝310センチメートル、

広くはない　狭くなった
家が密集して道を囲んでいた　行き止まりだった
何も始まらない
すべて終わった　一日が終わり一年が終わる
終わりで賑わう通りにはたくさんの人
たくさんの人はいない　証人になる人はいない
みんな家でじっとしてた
行き止まりの家には誰も来ない

1、2、3、4、5、6、7、8、9、10、……
どこまで歩いて来たのか　わからなくなる
忘れる
どの通りを歩いて来たのか
帰って来たのか

家まで帰るのに
行き止まりだった
たどり着けない
行き止まりの家にはたどり着けない
途切れた
終わった

わたしは言った
何もなくても言った
証拠はいらなかった
話しかけた　やがて
思い出そうとした人の名前が思い出せなくなる
目でさがした　手でもさがした
手を使って掘り返した　ここを

掘り返した
安心できない
なかった　家に戻った
安心できる場所がなかった　場所を探して家に戻り
安心できる場所がなかった　ここにはなかった
泣いたことがあった
繰り返し泣いてみた
醜くなり　汚らしくなった
自分のことを言うのは醜いといつも言われてきた
何て汚いんでしょうあんたは
死んだ人の数を数えるように
泣いた数を数えて覚えているのは何て汚いことだ
瞳を閉じたままあかない　あかない
と泣く　泣いた数を数えて覚えているのは汚い

ほんとうにあくのを忘れて盲になるこどものように
こどものように泣くのであればよかった
いまは泣かない
ほんとうは泣いたことはない
泣いたことなんて一度もない

生まれ出るために　わざとしこりをこしらえている
しこりが残って生まれた　だから身体はぜんぶ
いつもきしんでいた　きしんでいる
ぎしぎし　ぎしぎし　扉のこすれる音
ぎしぎし　それは忘れた
かさぶたはすぐに剥がしておく
壁紙の破れ目は剥がした　壁を削って素通しにした
痩せている

骨組みだけが残った

やがて　すぐに消えるところ
光のとどかない　少し明るくてもすぐに暗くなるところ
誰もいなくなるところ　家の片隅のところ
ずたずたに切れたところ
断ち切れたところ　隠れるところ

3

すわると楽
寝ていれば　もっと　広さなんてもう　どうでもよくなる
すわっていれば楽　じっとしているのは

じっとしているのは難しい　それで歩き出す
そのはじめかたがわからない

座高　むかし測った　腰から頭の先までの長さ　86センチメートル
身を潜めてじっとしているために必要な高さと同じ　86センチメートル
そんなにいらない
死んだように死んで　じっとしているためにはもったいない
もっと　ゆっくり　少しずつ低くしろ　低くしてしまえ
高さ　40センチメートル
腕の下半分　肘から手の先までの長さ　40センチメートル
これでいい
これで死んでいるように死んでいる　じっとしている
身を潜めていることができる
息だけしていることができる

低くした　低くした　動けなくなった　おとなしくなった
はみ出したことはない　ここからここまで　箱にいて
収まっている
わたしは箱と一致する
収まるためならなんでもしてきた
収まるまでは　ぶつかり　こすれ　つかえた
傷ができた　それは
収まりがつづくための　良いしるし　通過するときにこすれた
怪我をして痛い　痛くても痛くなくても
いまは収まる　光がそこへ消え入るところ

誰か雨戸を閉めたのか　暗くなった　わたしが閉めたのか
雨戸はなかった　扉も窓もない

他の場所はない　暗い
日が暮れてから閉めたのか　夜が明けてから閉めたのか
ずっと閉まっている
じっとしている　じっとしていることがとぎれそうになり
どこかよその場所へ向かって飛び出しそうになるときでも
そういうときに限って　わたしはじっとしている
これからもたぶん　とぎれて動き出しそうになる　いたたまれなくなる
そのときこそ　わたしが動けないことを証明する　唯一のチャンス
しあわせな家の一日
じっとしている
ここにいて　つづけている

4

家、外壁と内壁、補強用の格子、装飾用の格子、家を形作る直角に交叉するすべての交点を、見えない線でつなげる。家が、からだを覆う布と同じ物質でできていることを知ること。

そして、目に見えない斜線を無数に引く。家の中に、家の中から外へ。家の外から社会へ。社会から社会の外へ。社会の外は家。外はない。やがて、数えられないが、数限りある生き物、生命のパーツと同じ形をした丸いカーヴやなだらかな曲面が出現するのであれば、直ちにそれらをかがり、つなぎあわせること。

曲面、曲がった面を絶対にくぐりぬけない。曲がりが生み出す余地、余りの土地は幻。くぐり抜ける穴などどこにもない。繰り返し一枚の布、もしくは無数の布をかがり、縫い合わせる。糸、または塵状の線で。かがり、縫い、つなぎ合わせるときに生まれる点線を、できるだけ長く引き伸ばしておく。

だが、つなげることになる複数の曲面は、つなげることでむしろすでに分割されている。裏返すとやはり同様。表と裏はない。

かがり、つなぎ、縫うことによって生まれる点線は、どこまでも延びると思われる、だがそう思ったら最後、あっけない幕切れがおとずれる、そうだとして、ならばその終わり、どこまでもつづくはずの裁縫と建築の終わり、裁縫と建築の終幕、幕、幕の端、その両端の厚さ薄さと幅と長さを測定すること。平らな終わりの幕を場所と言うのであれば。そこを場所としてみる。

かがる糸、糸口を探す、糸も糸口もない。だからつなげることはできない。終幕、終わりの幕を越えてただちに、ふといつしか別の曲面をかがっているときがある。だが、それはつまりは、取り込まれ、吸い込まれてゆくときの言い換えに過ぎず、やはり同時に別の曲面は失われる、ただのかがること、つなげること、それだけをしている、何をつなげているのか、何と何をつなげているのか。つながりはない。関係はない。それがそのまま家。絶えず、縫い閉じられていて、くくりつけられているのに。一度として、ほどいたことなどないのに。

5

傍らという場所　すぐの隣りが響くとき
耳をそばだてたり
無視していたり
傍らにいる　すぐ近くに
何も知らずにいるわたしが　何も知られずにいて
響きと足音が響くとき
響きはない
たとえば朝が早く訪れるとき
郵便受けが小さく鳴って　そこまで歩くとき

鳴ったのか　気配でわかったのか
空耳だった　音がして　家の入口まで歩くとき
空耳はない　空耳は空耳
いちばん最後の距離
ぜんぶの終わりの家の残り
もうない　残りはない
それでもまだ　距離を測ってばかり

歩く　これ以上速くはならない　もう
歩かない　やめた
遅くなった
変わらない
速くはならない
変わらない

これ以上遅くなりようもない
変わらない
ゆっくりくぐりぬける
くぐる　輪のような見えないかたちをくぐっている
くぐりぬけない

パラシュート・ウーマン

1

いろんなことが起こる

わたしはパラシュートを縫う
ミシンが縫う　ミシン　マシン
広げてアイロンをかける
パラシュートを開く

短く鋭く鳴く鳥が飛んでいた

鳥のことを話すのは飛ぶ練習のためではない
真夏だった　敵の国が爆弾を落として
　爆弾のことを話すのではない

連れていかれた
と言われた
長い戦争がはじまった
と言われた
占い師がいっせいに占いをはじめた
と言われた
わたしたちは連れていかれた
と言われた

占い師は占う

一、回転扉を二周すると、永久に出られなくなる。
二、井戸の水を飲んではいけないが、その井戸からしか飲み水は出ない。
そのときに　両方だ
両方する　回転扉に入り　井戸水を飲む　両方だ

占い師は占う
二つの道筋がある。両方とも峠を下る道で近い方は険しくて危険で、遠い方は時間がかかりすぎて危険だ。いずれにせよどちらかを選ばなければならないのだが、あなたはどちらも選ばないだろう。その場にうずくまり動かないだろう。

両方だ　上空から飛び降りるタイミングをいまもはかっている
飛び降りない

来る人は来ない　ここでは

労働は休みのためにある
と考えられている

立ち疲れた　重力が重い
来る人は来ない　ここでは
労働は休みのためにある
と考えられている

それはあなたのことを話しているの？
　そうじゃない　影のこと　困っている

ミセス・パラシュート？
　わたしじゃない

誰？

　わたしじゃない　私についてくる影のことで

誰か　一九四五年の戦場と

　誰でもない　平らな影が戦場に消えた

影は消えない　誰か

　誰かを知っている　誰でもない人などいない

　誰かだ　名前のない人間などいない

どこにでもいる

　どこにでも消えた

地上にいて飛び降りるところはどこ？

上空を指差して見ても　見えない
空はなくなった
なくしてしまえ

着地できるならパラシュートはいらなかった
地面に激突するからパラシュートが必要
激突を避けるためだけならパラシュートはいらない

わたしはパラシュートを縫う
ミシンが縫う　ミシン　マシン
広げてアイロンをかける
パラシュートを開く

安全のためではない

安全のためにたたかうことなかれ

2

わたしは雨傘を忘れた　雨傘は背中にある
わたしは雨傘を忘れた　雨傘は背中にある

雨傘を差していて　雨傘を忘れる
しだいに雨を忘れ　はじめから雨の出所を忘れる
空を忘れて　過ごす
飛び降りたら傘が開くか　心配
飛び降りたら傘が開くか　心配
高いところ　ビルとか崖とか

空中とか　高度何千メートル上空とか　とか

地上にいるから　心配
これは飛び降りるための歌だった
死ぬための歌じゃなかった

地上にいるから　心配
空中　とか
開く　とか

3

占い師がまたやってくる

占うのは誰か
わたしは安心する

誰もが占った　占い師が占う
占うのは誰か　誰もが占った
占い師が占う　占うのは誰か
占い師が言う　語っていたのは誰か
わたしは安心する

このようなことをどのようにどのように説明できる　かよくわかりません　がだけれども二つの場所があっ　て二つの場所がある／そのどちらにも立ち寄る必要があることがあっ　てひとつは「見張り台」でそれはわたしの職場です／わたしはもうすぐ見張り台で見張る仕事をしなければならなく　て交替の時間　で見張りに間に合うように見張りに行かなくてはならない

もうひとつは「駅」　で駅に用事があっ　て明日の朝わたしは旅に出る　ので前もって旅の電車の切符を駅で買っておかなくてはならなく　てどうしても旅に出るのです　がどうしても明日の朝では間に合わなく　て切符は買えない手に入らず電車に絶対に乗れない　と言われていてこまっ　てわたしは今日中に切符を買っておかなくてはならず　わたしは旅に出るので

一度に二つの場所に行くことはできない　し順々に行けばいい　まず見張り台に行っ　て次に駅に行けばいい　それしかないのかもしれないけれどそうする　と二つの場所をうまく回って間に合って　わたしうまくいって　わたし今日見張りして　明日この街を電車に乗って出ていけるかもしれない　でも失敗するかもしれない
と言われている　失敗する確率もある
と言われている

そうすると　どちらかひとつをあきらめて　別のもう一方の用事だけにすればいいじゃないかと言われている　その考えもある　でも　いちばんかんじんなのは　二つの用事　を両方うま

くどうにかこなすこと　でそうなるように努力することだ
とよく言われてきた

いちばんまずい方法は　わたしは両方キャンセル　してここにずっ　といてここにじっ　とし
ていることだ　見張り台もすっ　ぽかし　駅で切符を買わず　明日の大事な旅にもいかないこ
とだろうと思う　わたしはそれはわかっているの　だ　がどうして両方やめにする　というこ
の最悪の方法に引き寄せられるのだろう　両方の用事がうまくいくならいい　でも失敗するこ
ともあるかもしれないと考える　と二つの用事をやめにして　いまここにいて　うごかないで
いる　うずくまっている　という選択をする　というのはどうして魅力的な考えなんだろう
と占い師が言う　わたしの口が　わたしが言う

別の提案があって　第三の選択肢があって　それは用事を新しくつくること
それだけをするというのはどうか
と言われた　新しい用事をつくって　ほかを忘れてしまえ

と言われた
命令された　命令は忘れる　忘れて守る命令

占い師は占う　わたしは占い師とたたかえ
わたしは身代わりを生きている　死んだよそ者の代わりに
わたしはわたしの写真を生きる
わたし自身はいない
どこかにいたためしがない
わたしと占い師が殺した　よそ者の代わりに
わたしは身代わりを生きる

周囲をぐるぐる回って
そうしているだけでは　わたしは
と言っているうちは　生み出されない

ふれることはできない　ふれない
空から降りてくるものにふれ　ることはできない　ふれ
ふれ　なくてよい　と占い師が言う
また言われた　言われてばかり　わたしは
ふれなくてよい　ふれる
座って待っている　まて　またない
もう十分に待った　もうすぐ

身代わりを生きている

どこに落ちるか　いつ落ちるか　それが問題だ
問題はない
そう言ったのは誰か

為替、交わせ

1

置かれているものに値札をつける。車椅子に乗って移動する。「売る人」はかなり年老いているため自立歩行ができない。だが車椅子を得て彼女は若返った。素早く機械的に動く。

売る人は売るものがなくなった。そこで、「駅」のような行商の途中の休憩所、中間地点に置いてあるものを、手当たり次第に売り物に見たてて売ろうとする。その場で手書きの価格を値札に書き加えて貼り出す。事前に用意した値札も立てる。

円建てかドル建てか、通貨は何でもいい。なんの権利もなく値札を貼る。

もちろん自分自身にも値札を貼る。

値札をつけようにもものが少ない。ない。せいぜいそのへんにある椅子。椅子が終わったら、空間の中を線で囲ってなにもない区画、土地、不動産に値札を貼る。値札を貼りつける立て札が必要。値札を貼り、立て札を立てる。

値札をつけるのは、売る直前の行為だ。売る前の時間と場所を考えておく。たとえば車椅子に乗った物売りの彼女がつかのまたどり着くところ、停留所、駅とその時間のことだ。だが売るものはない。することはない。次の電車が来るまで待つしかない。

売る人は魅力的だ。なぜなら他人に物を売るために必死に考えているからだ。しかし売るものがもうなくなった。誰も買う人はいない。買う人はいる。買う人に魅力はない。それが本当に買わなければならないなどと本気で考えて買っている者などひとりもおらず、ただ習慣で買っているだけだから、売る人もそんな習慣の一部に入り込んで居場所をつくってどうにかこれまで売ってきたのだ。必需品は売るということがあってはじめて生まれてくるのだ。食べ物だってそうだ。食べなきゃならない必要などない。食べるな。

売る人はいい。なぜなら他人に物を売るために熱心に考えているからだ。だがそんなことはない。他人がものを買う習慣のどこか一部にこっそりと入り込んで、他人がいるのかいらないのかどちらでもいいようなものをどうにかいるようにみせかけるための努力をしているからだ。そんなことはない。努力はない。売るのは習慣でありもう百年近く同じ商売をしている。百年の間遠く近くを歩き回って売ってきた。足がなくても歩く。

2

おまえはときどきお金をやる　気持ち良くなりたいからやる

おまえはやる　ただで　やる　気持ち良くなるおまえ

それはいけない　ただで他人にくれてやるのは　だがわかる
他人にくれてやるのは　他人の持ち物をふやす　他人を小金持ちにする楽しみ
楽しい　他人にくれてやるのは
わたしは金以外のことを考えるためにいつも金を数えている
おまえの金を無限にふやすと約束したのになぜおまえは金を数えるのかと
神様は時々　そういってわたしに怒ったことがある　知ったことか

なぜおまえは金を数えるのか
なぜわたしたちは金を数えるのか
数えてはいけなかった
おまえに続く者は無限にふえるのであり
おまえの先には

食べられる肉魚が無限にふえるのであり
もうたくさんだ
もういらない
とおまえがいうほどふえるのであったが
おまえはいま金を数えているから　ふえるはずのものがふえない
加工した肉魚は無限にふえる　ふえつづけるのであり
それと同時におまえの反対側にいる
そしておまえのすぐ隣にいる人たちは　飢餓
に陥った　干からびてしまった
救いをもう待たなくなっている
それが救いの形だ　圧倒的に
徹底的に干上がって　からからに乾いて　日照りの日には乾いて
もう食べられなくなる　痩せて　腹がふくれる遠く近くの人たち
救いをもう待たなくなった

それが救いだ　動かなくなっている　腹いっぱいなのではなく腹がふくれている
もう食べない　じっとしていると　わかる
おまえの遠くにいて近くにいる　おまえのいつも隣にいる
おまえと同じ血と肉でできた人たちは痩せて　飢えている
おまえはこの国にいるから　飢えていない　といわれてきた
そうではなかった
この国にいること
この国がしてきたこと
をどうやっておまえは赦すのか
この国にいて　飢えていない自分の顔とからだを
どうやっておまえは　やりすごしてきたのか
この国にいる　おまえはなぜ金を数えるのか
わたしがおまえの蓄えた金を確実なものとし
おまえが代々にわたって受け継ぐ土地をあたえ

雨風をしのげるばかりでなくいっさいの邪魔のない眠りを約束したのに
と　いうのはおなじみの　神様
のセリフだった

知ったことか　わたしは　知ったことか
眠りは短い救いだから　救いはいつも隣人を冒瀆する　してきた
もうたくさんだ　絶対にわたしは眠るな　起きていて
一晩中　わたしは　おどおどしていろ
見張っている

3

売るものはなくなった　もう　売るものはない

誰も買いに来ない　売ることができるのはわたしの
皮　だけだ
わたしのからだの
皮　を売る
彼らは蓄えている　蓄えている彼らと違ってわたしの隣にいる人間は
いつも　結局自分自身の
皮　のほかにはなにも売れるものをもっていない　どんなに
働いても相変わらず自分自身よりほかにはなにも売れるものをもっていない
わたしたちは瘦せ　売れるものはない
もともとない　なかった　わたしの
皮　以外にない
そうではない　自分自身　を売らずに
わたしの身の回りにある草や草でできた
着物や容れ物　を　売ってきた

そこらへんを飛ぶ小鳥や走り去るうさぎや小汚い川を泳ぐ魚
食べられるものならなんでも食べ　わずかな残りを　要る人に売ってきた
以前は売る少しのものが　あったのだが　いまはもう
ない　もう大分前から　ない
わたしはわたしに属さないすべてのものを　売る
売ることができる　勝手に処分することができる
その権利があるいくらでも　なんにでも　値段をつけることができる
売り払ってしまえ
そんな権利はない　権利はいらない　だから
わたしは自分自身の
皮　と交換して　金　を手に入れる
わたしは透明な普段着を脱ぎ　欲しいやつにくれてやる
皮　をくれてやる　わたしの
皮　など　売れるはずがない

きょう　とうとう
わたしは透明な普段着を脱ぎ　売る
わたし自身を　交換し
わたしは　なんでもない
もの　になる　それもできない　売れるならまだ　いい
処分される　ただの
もの　であることは　気持ちがいいことだ　ほんとうは取り換えのきく
番号　であることは　楽なことだ
死ぬのに　気兼ねがいらない　殺すのも　殺されるのも
楽なことだ負担がない　と　証明されてきた
証明は十分になされた
わたしたちはみんな証明の仕事を務めてきた
うまく立ち回ってきたおかげで　飢え死にしないですんだ
草と肉を食べたあげく　ついにわたしは

草　にも　肉　にも　なれるのだという
草でも肉でもないものにさえ　なれるのだという
ただ交換されるだけ　手から手へ　渡されるだけの　薄い
紙きれ　のからだであることは　楽なことだ
送られて　遠くで受け取られる　わたし自身のかわりに
金　のかわりに　わたしを送り届ける　それは
金　だ
無数の千切れた紙切れのようなのは　うれしい
無価値なのに　値段のついているのは　いい
だが重力は　依然として重い
体重はいらない
わたし自身をうまく売りぬける　売れ
この地上に繋ぎ止められていることをやめよ
だが　売るものはない　売れるものはない

すべてが売れるはずだと　いわれている
売れるのだと　いう

キャラヴァン

1

もうすぐ
　まだ　長い
考えて　重い　それをする
　まだ　言うことがある何か　まずこれを売る
それをする　とわたしは言った　もうすぐ
　ずいぶん歩いた　進んだ
まだ先に　進む目印がない　目印があるらしい
　目印はない　重い　置いてきた

なくなった　当分はない　いつもない
　どこかに置いてきた　ここは一度来たときに通った
いつ通ったのか　昔の話　来たことはない　昔は昔
　知らない　はじめて来た　誰もいない
風が出てきた　風は寒い　売れる場所に急ぐ
　場所がない　寒い　場所まで歩く　場所で売る
急いで売る　昔売った
　誰もいない　場所がない

動けない　痛い
　動く人よ　動け

2

綿を植え
綿を摘み
綿を紡ぎ
綿を運び
綿を売る

とどこおる形になれ　なれる　止まることはできる
止まりはない　だらだら動く　動いているように見えなくとも
動いている　まだ死んでいないから
強制的にしまわれました　押し出されて動かされた
強制終了　それでおしまい
またはじめる　また混乱する

また売る　また運ぶ
綿を運び
綿を売る

3

この綿を植えたすべての人間
この綿を摘んだすべての人間
綿は重くなり陽は高い
どれだけの重さか
この綿を紡いで糸にしたすべての人間
すべての

糸を織って布にしたすべての人間
この服のかたちと色を考えたすべての人間
この服を縫ったすべての人間
わたしたちが運び売っている　この服を着るすべての人間
この服を着て死んだすべての人間
この服を着て死につつあるすべての人間
この服をこれから着て死ぬすべての人間

これまで出会った人間のすべての名前を暗唱する
これまで出会って死んだ人間のすべての名前を暗唱する
あなたの知らない　出会っていないひと
死んだすべてのひとの名前を暗唱する
名前をつける　死んだひとの名前をつけて暗唱する

名前の知らない死んだひとの名前をつけて暗唱する
そらんじている　これから生まれてくる赤ん坊の名前ではなくもう死んでしまったひと　びと
の名前をつける　うとんじていたひとびとの名前
毛嫌いしていた　出会ったことのないひと　他人の名前
罪ほろぼしのために　すべての他人の名前をつける
罪ほろぼし　罪ほろびない
ほろぼせわたし　けっしてほろびない
罪という名前は誰か

4

その日がやってくる　順番が回ってくる
その日がくるから　買う人は喜ばない

喜ぶな　と言われた
売る人も喜ばない　喜ぶなと言われている
売る人がたとえ長く生きても　売ったものを買い戻すことはできない

金が役に立たなくなる日　無駄な　喜ばしい日
みんなで金を外の泥に投げ捨て
金は汚れる　金は紙でできている　もう使えない
紙は役に立たない　立たなくなる　喜ばしい日
紙はあなたを救うことは　もうない
食べることはできない　人間は山羊ではない
人間はきょうまで山羊であったが　もう山羊ではなくなる
金を食べてきて　腹がふくれていた

鎖につながっていた　鎖をつけたまま　残されたわずかな

食べ物を奪いにいく　鍋のなかにまだ煮えている　肉を
食べにいく　金をもって出かけた　肉は何の肉だったか
日々は往き　時はすぎ　そして忘れる
だから占いは実現しない　と言われてきた
その日が必ずやってくるし占いは実現する　と言われた
順番がくると言うのだ
どちらでもいい　占い師たちが　また金を復活させるから
もう復活して　わたしはそれを支払った
まず彼らの見た幻を　肉がたべる　その肉をわたしたちがほおばる
金を払ったから
腹がふくれていた　幻が太っていた

幻が欺くのではない　肉が欺くのであり
占い師の汗が　嘘の水として降り注ぎ　いまもわたしたちが飲んでいる

偽の水は　甘く　わたしたちを平和にする　それが平和
と言われてきた　降り注ぐ水

おまえが生まれそこねておまえと母の流した血の中でもがいているとき
痛みを感じたまま　痛みを口に出してもがいているとき
年をとり　とりすぎて　歩くのをたえず失敗するようになり
足萎えになり　もう歩き方を忘れて　もう　もがくこともなくなり
血の中もなくなりふらふらと湿った砂の地面に潜り込んで
この世から消えてしまうとき
そのときにも　誰かに　生きろ　と言われる
吹き込まれている
言葉は簡単
すべて聞きとれ　すっかりわかり　知っているはず
生きろ

だがそれは聞いたことのない言葉　聞き取れない音
異なる声で言われた
おまえはまったくわからない　何を言われているのか　何語なのか
わからない
おまえは聞く

誰かは言う　何か言う
いつも言う誰か　何でもどんなことでも言われてきた
言われてきたことをいつも聞いた　何でも聞いた
知っている声と　見知らぬ人の声で　それはいいこと
全部ではないがたいていは聞いた　聞いてばかりいた
聞いたことをすることはめったになかった
ただ聞くだけ　聞き流したのではないが　それをしない
それをしないことを誰もが望んだ

何か言う誰かがほんとうに望んでいるのは
おまえが何もしないこと
おまえは何もしない
するな　と命令する代わりに　彼らは命令しなくてすむ
おまえ以外の誰か　そこにいる彼らはみな知っている
おまえがそれをしないことをあらかじめ知っている
おまえはしない　何もしない
するときでも　しない　ということをする
それは知られている　みんなが知っている
おまえはしない　しない　ということをしている

ここはどこだ　ここはどこの駅ですか
ここはどこだ　ここはどこの駅ですか

KIOSK

1

はさみとなげなわ
それは切る　投げて捕まえる
投げ　捕まえてから切り取る　それを保存する　それを食べる
残りは腐る　腐らなかったものが売れる　また売れ残ったものが腐る
腐らなかったものをわたしが売る　腐りつつあるものさえ売る
いま売っている
それ以外のことはない　何もしてはいない
それ以外のことをしている人は誰もいない

なげなわを投げて捕まえはさみで切り取りそれを保存する
それ以外にない　することはない

2

地上を歩くときでも綱の上を歩いているのだ
綱渡りをしているのだが落ちる場所がなくなった
すでに地面に引かれた線の上をただたどっているだけのことをしている
少しはずれてもたいしたはずれではない　危険はない
ただ引かれた線を綱といつわって歩いているだけ
すでにわたしは地面に落ちた
下りたのか下ろされたのか知らないがずっと地上にいて線上にいる
ずっと線に沿って地上を歩く

空中　がなくなった　消えてなくなった
地中にもぐりじっとしていればいいのだがそれでは綱渡りができなくなる

わたしは女綱渡りとして生まれたのだがいまは
キオスクで飲み物を売っている
わたしは女綱渡りとして育ち現金を稼いでいたのだがいまは
キオスクで給料を振り込んでもらっている

だいたい月末ぐらいに　ほぼ　そのくらいに　振り込まれる
わたしは振り込まれる

3

もうきみに話すのは面倒だ　そこをどけ
できることならなんでもしてきた　消え失せろ
つかみかかれ　それでいい　投げ捨てろ
いつも他人行儀なのはきみが他人だからです
買うならここを通します　買わないなら無視します
そんな暇はない　水道水はまずい
もしきみが現金をもっていて　潤っているなら　水はただでくれてやる
もしきみが現金をもっていず　干からびているなら　水は高く売りつける
そんな暇はない　水道水は毒
必要な水を必要以上に高く売る　雨はもうきみの町には降らない
ただでくれてやる時代は終わった　ただで湧いて出る水の時代は終わった
ただではやらない　雨は降らない
水をやる　くれてやる

4

配給がはじまる　そのうちに　わたしが
当番になる　配りかたがわからない
切符をもっている人と現金をもっている人のどちらを先にするか
切符優先と言われた　どちらでもいい
優先はない　すぐになくなる
すぐに盗られる
驚くことはなくなった
菓子とくだものを盗んでいく者がふえた
盗まれやすいものだけでなく　何もかも盗まれる
すべて盗まれる　品物はみな同じ　品物は盗品
生きるために盗むのも盗むために盗むのも　生きるためだとしたら
盗め

菓子とくだものを　甘い食べもの飲みものを　買いに来た　おまえ
読むもの　新聞を買いに来た　おまえもまた
生きるために　盗んでいるのか　読んでいるのか
何も盗らなくても盗んでいる　人の目を盗んでいる
盗め
甘いものを食べるなら
食べたというつみとが　の甘味が舌と口に現れ
新聞の活字を買って読むなら
読んだというつみとが　の活字が目に貼り付いて現れ
それは痛くはない入墨だから　きょうおまえは気にしない
きょうおまえにできることは盗人の他人を捕まえて引きずり倒すこと
じぶんの身代わりに　ほんの少しのあいだ
誰か他人のつみとが　を攻め立てていればいい　それで気が済む
他人に煮え湯を飲ませる

万引きする病児を懲らしめる
牛乳を買う健康な大人に二度と牛乳を飲めなくしてやる
牛乳は栄養
二度と新聞を読めなくしてやる
新聞は印刷
置いてある紙すべてを破って　火を放ち　燃料にすればいい

それはそれ　紙は紙　紙は破れる
火は続いていく　紙さえあれば
飲み水を飲む　新聞を読む
あとで飲む　あとで読む　あとはない
時間のあるとき　暇なときに
懲らしめてやればよかった　暇は
なくなった　通勤時間も　時間帯も　もうない

帯はない　働きはない　時間はない
紙はいらない
なかったなくなった
水ももういらない　誰もいらないと言っている
みんなが何ももういらないと口をそろえて言っているのに
それでもすべてが
供給される　時間通りに
間違いはない　それが仕事だ
ほぼ時間どおりに　正確に　ほぼ毎日決まった時間に
届けられる　なくなってもすぐに
補充される
誰もそんなものはいらないとみな言っているが
何を言っても無駄だ
届けられる　またすぐに

配給がはじまる　いつもそろう　そろえられる
不足はない　品物に足りないものは何もない
なかったなくなった　帳簿どおりに
わたしが並べる　わたしが売る

家の人、アンティゴネー

わたしを見て　懐かしい人　懐かしい国の
わたしを見てください　最後の道をたどりはじめた
暗い水の流れるところ
最後の日の光
最後の光　わたしがもう二度と見ることはない光を見てください
わたしたちみんなを眠りにつかせる神様　死神が
まだ息をしているわたしを川岸へ連れていく
わたしに結婚を祝う歌は関係ない　なかった
この夕暮れに美しい婚礼の歌はひびかない　ひびかなかった
暗い水へいく　わたしは暗い川へ嫁ぐのです

たくさんのこどもを持つことがそんなに大事ですか
ひとりのこどもが大事ですか
ひとりが大事ですか
どの道をたどっても暗い水の流れには逆らえない
死ぬ時には生きながら死ぬしかない
いまに　蔦のように伸びた石がからだにからまり
動けなくなる　そして
やがて　わたしに雨が降り注ぎ　やむことはない
やがて　わたしに雪が降り積もり　やむことはない
と　言われている
わたしは疲れはてる
わたしは泣く　泣きやまない
最後の眠りまで　眠りはじめるまで

疲れはてるのです

わたしをあざ笑いなさい
わたしが死ぬまで待たずに　急いで
わたしの顔につばをかけなさい
最後の光を見ているわたしの顔を踏みつけなさい
この汚らしい町　そこにいる大金持ちと小金持ちと普通の貧乏人
この町の地下を流れる暗い川の源　立派な軍隊が演習するこの国の森林
この国のあなた　少なくともあなたには
証人になってほしい　わたしの耐えがたさを見てください
友だちがわたしの代わりに泣くことはなかった
剝き出しの掟がわたしを強制した　だからいま
わたしは石で囲まれた牢屋にいる　石でできた新しい墓にいる
わたしはいつもよそものだった　どこでもずっと

わたしの言葉を代わりに伝える人はいない
わたしはよそもの　外人　さんざんな目にあう
地上に家がなかった　地下にも家はない　わたしにはいない
生きている人も　息をしていない人も　誰もいない

ついにとうとうそこに――最悪の痛みにあなたはふれた
激痛にふれた　父さんを思って泣くわたしの嘆きをあなたは暴きたてる
くりかえしわたしは泣いた
わたしたち家族をおそった死と破滅のすべてを想ってわたしは泣いた
明るい家と家族　輝く家　それはない
母さん　母さんのセックス
恐怖がまつわった　母さんは自分の息子とセックスをした
それがわたしの父さん　破滅した母さん
そうやってわたしが生まれた　みじめなこどもが生まれた

いまやっと父さんと母さんのいるところへ行く
呪われた　未婚のわたし　独り身のわたしが両親の家で暮らすのだ
これから死んでから
わたしはよそもの　兄さんと同じように
生きているわたしも殺される
わたしはよそもの
わたしは外人　さんざんな目にあう

夫なら　また結婚すれば手に入る
こどもなら　またつくればいい　でも
兄さんは　父さんと母さんが死んでしまったからもう二度とできない
兄さんの代わりはもういない
兄さんを愛する
兄さんのために死ぬ

だれもわたしのために泣かない
友だちはいない
結婚を祝う歌もなく　耐えがたい痛みとともに
暗い道を連れられていく
わたしに開かれている
わたしを待っている
もう二度と　日の光の眼の輝きを見ることはない
掟が見ることを禁じている
シヌノハイヤダ！
だれもわたしのために涙を流さない　わたしの運命など
だれもしらない　しったことではない
わたしの死を嘆く愛する家族などいない
家族はどこにもいない　家もなかった

わたしをしるものなど　この世にはいない

＊以下を参照した。ソポクレース「アンティゴネー」柳沼重剛訳、『ギリシア悲劇全集3』岩波書店、一九九〇年。Sophocles, *The Three Theban Plays: Antigone, Oedipus the King, Oedipus at Colonus*, translated by Robert Fagles (New York and London, Penguin Classics, 1984). Sophocles, *The Burial at Thebes: Sophocles' Antigone*, translated by Seamus Heaney (London: Faber and Faber, 2004).

使い I

1

何も付け加えることはない
書き言葉には
売り言葉　売れる言葉には
金を出して買う言葉がふさわしい
書く前に売れ　言葉は残る
買う理由はない　届かない
言葉は売れ　残りの
配達はなされた

何も付け加えることはない　そこには
いなかった誰も
それで十分
それでいい
何も付け加えることはなくなった
過不足ない　いつも足りない
足りるな
事切れてから　それでも
取り戻せ　取り戻しにいく
足りるな
書かれた言葉を伝えるな
叫べ飛べ書け裂け　腕がちぎれるまで
書け殴れ投げろ吐け　吐いた
言葉ではなく濁ったもの　すなわち血を吐いてから

足りるな
と言っていろ　まだ
おまえの腕を切り落とし差し出し
誰に言われたのか　同じ言葉を繰り返せ
と言われた
同じ言葉でいい　全く同じそれで
命令の言葉を切り落とした腕に入れ墨しろ

おまえはみんなの家来であり伝令であり飛脚でありしかも脚が悪い
なぜなら靴が脚にあっていないから
と言われた　わたしは
痛い
痛がっているのは足が大きくなっているから
育っている

だがわたしは靴以下の商品としてここに連れてこられた
足の指を切るか折るかして靴に合わせろ　と言われた
走れ足
わたしが走るのではなく靴が走るのだ
靴を飛ばせ

2

私は対立する
私は母と対立する
私と母は娘と対立する
私と母と娘は夫に対立する
私と私の母、娘、夫は、夫の父に対立する

私と私の母、娘、夫、夫の父は、叔父に対立する
私と私の母、娘、夫、夫の父、叔父は、近所の人たちと対立する
私と私の母、娘、夫、夫の父、叔父、近所の人たちは、村の人たちと対立する
私と私の母、娘、夫、夫の父、叔父、隣人、村人は、都会の人たちと対立する
私と私の母、娘、夫、夫の父、叔父、隣人、村人、都会人は、外人と対立する*

3

長くこぼれ落ちるまでに
水のしたたり
おまえの睫毛にさえ　とどまり
こぼれ落ちるものはみな美しいと言われているから
そんなものはもういらない

たとえ醜い死骸からこぼれ落ちる肉片であっても
浄める流れとしたたり　それはもういらない
すぐ側に　長い間死んでいたときのことだ
それともごくわずかな間のことだったか
長い時の死　短い時の死
どちらがいいのか
早く腐る死骸　そのままひからびる死骸
跡形のないまま
涸れ川の上に乾いたまま放置された人間のからだであっても
蝿が卵を産みつけて蛆と蛆以外のくだのある無数の虫が分解するからだであっても
もう水はいらない
おまえの好きだった海と川に用はないんだ
飲み水がまず　なくなった
蓄える雨水が　なくなった

もういらない
ここにはもういない誰も　みんな揃って
遠い昔の夏のはじめにわたしたちが隠れていた壕からは
今年の夏にも嫌な臭いが立ちこめている
同じだ　同じようにみんな揃って
壕の中へ入り　うずくまる　そして
同じ入口を見つめていた
おまえは長く呼吸した　わたしも
長く息とつばを飲み込み吐き出した
それは十分な呼吸ではない
十分なまなざしの試しではない

敵が上陸してきた
と言われた

海岸から洞穴まではあまりに近い
たちまち見つかったおまえとわたし
そして殺された
そして隠れた
死んでから隠れたのか　隠れてから死んだのか
もう覚えていない
それからは覚えていない
わたしたちは覚えているおまえの顔を
わたしたちは未だ見たことがないおまえの顔を
顔は未だ書き込まれていない碑だ
すべてが書き込まれ刻みつけられている碑だ
おまえはわたしの文字になった
気づいたら上陸してきた敵の中にいた
敵は殺さなかった　ほんとうは

わたしたちが殺した
わたしたちがおまえを殺した
おまえは殺されつづけた　それから
おまえはわたしの活字になった
鋳型に嵌められた　それから
わたしもおまえに嵌められた
わたしはおまえの活字になった
声をあげるのと斧を振り下ろすのとどちらが先か
声より速い一撃　一瞥の文字
速いことはすべて眼のなかで起こる　眼の色のなかで
それが無数の紙に刷られる
刷られて撒かれる　無数の白い紙に
じっとしている
それは同じ眼のなかで起こる

逃げ出す
どちらも同じ眼の色の変化だ
速い

一瞬の出来事の間に
こぼれ落ちた
したたり
落下するものはみな美しいとされてきたから
もうそれはいらない
とわたしはさっき言った
おまえのまつげの上にとどまる美しい水滴であってももう
それはいらない
蓄える水はもういらないのだ
ここにはない

ここにはたどる道がない
水の道筋と地図が消えた
だが無数の紙片に刷られて空から撒かれた
すべて書き込まれているのにたどる方法がない

＊以下の映画を参照した。*Hunter*, directed by Robert Frank. Germany 1989, 16mm, color & black and white, 37min.

使い II

1

肉を食らいたい者たちよ集まれ　集まって
したたる血を飲み
骨になるまですべての兵士と馬を食らいつくせと
わたしたちの愛するすべてのけだものに語り伝えなさい
いまこそ伝えなさい　せめて
おまえの言葉は人間には決して伝わらないのだとしたら
けだものを揺り起こして
伝えなさい

戦う者たちすべての勇ましい者たちの血を飲み干すように
けだものをそそのかしなさい
そそのかして罪あるものと罪なきものを平等に殺しなさい
と言われた　そのように伝えろと
そのように揺り起こして伝えなさいと言われた
伝えるニュースを元に
わたしたちの国の形が整えられ美しく崩されて
地面と同じ位置まで低くかたち良くなぎ倒されて
塔と高い建物が次々に
支えをなくして横倒しになるのを
零になるのを
わたしは伝えているそれを
伝えてしまっているのだ　いまも昔も
同じように伝わるニュース

それは混線した
いまも余裕をもって眺めているたいていの者たち
支えなく倒れたのを支えなく目撃しておびえる者たち
そこに奇蹟はない
偶然のしるしが消え去った
それはいいしるし
悪いニュースなのか
いまが最悪でももっと最悪がある
その底にはもっと低い湿った底がある
しるしは低い
水平なところにある
それは見えない
見えにくい
肉にすぎない者

肉を食べている者
けだもののわたしは　けだものに襲われるだろう
ひとごとのからだ　すなわちわたしたちを眺める別のけだもの
ただ小屋でじっとしている　まるでわたしたちのようなけだもの
別のけだものに何をけしかけるべきか　それよりも速く
すべての塔と建物が横倒しになるとき
砂嵐と同じ砂として風に吹かれているとき
海嘯と同じ泥水として海に流れていくとき
あの挑みかかるけだものと押し黙るわたしたちと
どちらがはやく骨になるのか
骨になるまでのひと月をどのようにやり過ごすのか
砂になるまでの千年をどちらが先に祈るか
水になるまでの千年をどちらが先に悼むか
祈禱は投石を意味する

素早い祈禱は命中を意味する
その意味を捨ててほかに方法があるか
やり過ごすやり方をいつまでに身につけるのか

2

ゴムが足りない　砂糖が少いと言って
すぐ南を口にしてはいけない*

誰でもない
誰でもないみんな
誰でもないみんなのもの
わたしは身代わり

南方建設はわれわれの生活
　の中にある

語る言葉を持たないのに口を押しつけられている
語る口を持たないのに言葉を押しつけられている
わたしは持たない

　血をもって獲得した南方は
靴屋でも、洋服屋でもない

そのときそこにいた
わたしは場所を持たない

南方は今日も、なお戦場の心を
　心としている

誰か
誰かの持ち物
誰かの食べ物
わたしは持たない
わたしは食べない

3

子供のような言葉を引きつれて
引きずって永遠に死ぬまで

歩くために
引きずれ
引きずれない
ずれる
ずれない
たまにずれる
がつづける
なぜならおまえに頼まれたから
何も持たないおまえ
おまえは金を持っていない
言葉も持たない　いま
おまえが持っているのはうめきとうごめき
虫のようなおまえ
おまえはただの羽の音だ

それは伝わる
うめきとうごめき
ただの羽ばたき
羽のとれた羽ばたきだ

なぜ子供のような言葉を引きずるのか
おまえが生まれたばかりであり
子供だからか
子供だったからか
生まれたての言葉だからか
ただの呼吸だからか　息を
つづける
つづかない呼吸を
つづける　どうにかして

伝える

息継ぎをして潜ってもやがては
潜って拾える言葉の数は限られている
息継ぎをして
水底に潜って拾える石の数ほどの言葉
あとは他人の言葉を反復する
取り分は少ない
そのことに気づくまであまり時間がない　だがいまは
おまえに金なく言葉なく
それが自由
生き延びろ　延びてくたばれ
ほとんどない自由　あまり時間はない
証拠はない証明の
時間はない

伝える
伝えるために黙した
それをつづける　息をする

＊インデントの部分はいずれも、『写真週報』所収「時の立札」より。

倉石信乃（くらいししの）
一九六三年生まれ。一九八九年「ユリイカの新人」に選出。二〇〇一年よりシアターカンパニーＡＲＩＣＡでテクスト・コンセプトを担当。著書に『反写真論』（オシリス・河出書房新社）、『スナップショット―写真の輝き』（大修館書店）、『失楽園　風景表現の近代１８７０-１９４５』（共著、大修館書店）、『混成世界のポルトラーノ』（共著、左右社）など。

使《つか》い

著者　倉石信乃
発行者　小田久郎
発行所　株式会社思潮社
〒一六二―〇八四二　東京都新宿区市谷砂土原町三―十五
電話〇三（三二六七）八一五三（営業）・八一四一（編集）
ＦＡＸ〇三（三二六七）八一四二
印刷所　創栄図書印刷株式会社
製本所　小高製本工業株式会社
発行日　二〇一八年六月二十三日